EL CABALLERO
IMPETUOSO

TEXTO E ILUSTRACIONES DE GILLES BACHELET

Editorial EJ Juventud

Provença, 101 – 08029 Barcelona

Título original: LE CHEVALIER DE VENTRE-À-TERRE
© Éditions du Seuil, 2014
© de la traducción española:
EDITORIAL JUVENTUD, S. A, 2015
Provença, 101 - 08029 Barcelona
info@editorialjuventud.es www.editorialjuventud.es
Traducción: Pau Joan Hernàndez
Primera edición, 2015
ISBN 978-84-261-4254-2
DL B 14720-2015
Núm. de edición de E. J.: 13.097
Printed in Belgium

l primer canto del gallo, el caballero Impetuoso abre un ojo y exclama: «¡No hay tiempo que perder! ¡Cada minuto cuenta!». ¡Es la guerra! El ejército del caballero del Cuerno Blando, su peor enemigo, invadió ayer su parterre de fresas. El asunto solo puede resolverse con una batalla sangrienta y despiadada.

Traga un frugal desayuno,

hace un amago de ejercicios gimnásticos,

toma un baño rápido,

se coloca raudo la armadura y el casco. Está listo.

Bueno, casi: tiene que enviar unos mensajes. Cosa de un minuto.

¡Listos! Ya puede irse.

Se va.

Vaya, todavía no. ¡Se iba sin despedirse de los niños!

Ahora sí.

Allá va. Ya no está.

Solo un último beso a su esposa... y luego otro...

¡Fffiiiuuu!

El caballero Impetuoso ya se ha marchado.

No hay tiempo que perder. Avanza con paso decidido.

Solo se detiene el tiempo justo de socorrer a una princesa,

de indicarle el camino a una niña perdida,

de desafiar a un terrible gigante,

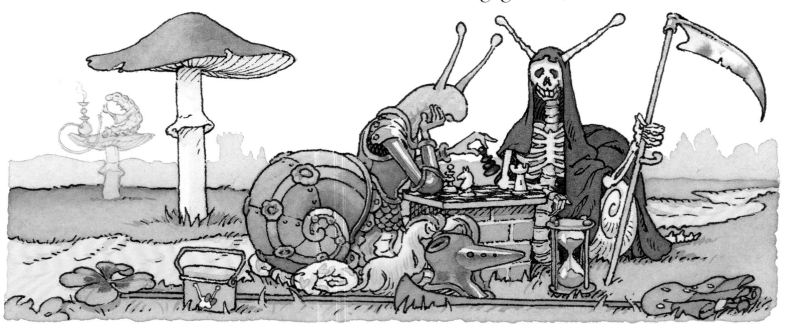

de jugar una partida de ajedrez con una vieja amiga...

y de grabar en una seta el nombre de su amada.

El caballero Impetuoso

ya ve el campo de batalla.

Aparentemente, lo están esperando.

Finalmente pueden combatir...

... pero ya es hora de comer.

¡Qué silencio!

El campo de batalla

está cubierto de cuerpos inertes.

¿Han muerto todos?

No. Pero no se puede luchar con la barriga llena.

Hay que dormir una pequeña siesta...

Después ya se ha hecho tarde, y todo el mundo

tiene un largo camino hasta su casa.

Imposible llevar a cabo en tan poco tiempo

una batalla sangrienta y despiadada.

Se dan la mano

y quedan para el día siguiente.

El camino de vuelta es rápido y sin tropiezos.

¡Hogar, dulce hogar!

Al día siguiente, al primer canto del gallo, el caballero Impetuoso abre un ojo y exclama: «¡No hay tiempo que perder! ¡Cada minuto cuenta!». Traga un frugal desayuno, hace un amago de ejercicios gimnásticos, toma un baño rápido, se coloca raudo la armadura y el casco. Pero ya sabéis la historia…

MORALEJA

En la vida

hay un montón de cosas

que se pueden dejar tranquilamente

para mañana…

… pero nunca un beso grande y baboso.

5